1622.

QUELQUES RÉFLEXIONS

SUR

LA CENSURE

ET

SUR L'UNIVERSITÉ,

Par M. l'abbé F. DE LA MENNAIS.

Imprimerie de COSSON, rue Garencière, n° 5.

QUELQUES RÉFLEXIONS

SUR

LA CENSURE

ET

SUR L'UNIVERSITÉ.

Lorsque le ministère a demandé la censure des journaux, lorsque les royalistes la lui ont accordée, c'étoit sans doute pour réprimer la licence des écrivains impies, des opinions anarchiques, et non pour empêcher de justes réclamations en faveur de la religion de l'Etat. L'intention du gouvernement n'a pu être d'étouffer la vérité, mais d'enchaîner le crime. Quand le poignard atteignoit le cœur d'un Bourbon, il falloit, certes, briser le poignard. J'ignore si c'est là ce que fait la censure ; j'ignore si, en essayant d'émousser les armes des révolutionnaires, il n'entre point dans ses vues que chaque journal conserve, comme elle le dit, *sa couleur*; j'ignore si, depuis qu'on a mis l'opinion publique sous sa tutelle, il ne s'imprime plus rien dont la royauté, les mœurs et la religion aient à gémir : mais je sais parfaitement que les plaintes de cette religion tant persécutée sont importunes à quelques censeurs. Il y a des gens qui n'aiment pas qu'on trouble la sécurité des institutions dont ils sont membres ; c'est un genre de fidélité. Quelque funestes que soient ces institutions, ils ne souffriront pas qu'on les attaque, de peur de se montrer ingrats. Défendez la religion, vous disent-ils froidement, mais respectez l'Université qui détruit en France la religion, en desséchant la racine du sacerdoce. Nous avons rencontré quelques-uns de ces hommes invariables dans leur attachement aux places qu'ils ont une fois occupées ; tendrement dévoués à eux - mêmes d'abord , et puis à tout ce qu'on veut, même à la religion , pourvu qu'elle n'exige pas des choses impossibles , par exemple, qu'on lui laisse les moyens de se perpétuer; de ces hommes qui, dans leur tranquille bienveillance pour l'Eglise, ne peuvent pas comprendre qu'elle se plaigne, quand ils sont contens ; et qu'un de ces hommes soit prêtre, nous ne l'assurons pas; ce n'est qu'un *on dit.*

Nous avons essayé, dans le *Défenseur*, d'appeler l'attention du gouvernement sur le déplorable état de la religion. La censure a écarté nos observations. Nous les reproduisons sans aucun changement, afin que le public puisse juger de ce qu'on permet et de ce qu'on défend de dire sur ce sujet. Nous en userons de la sorte, à l'avenir, pour ceux de nos articles qui pourroient être également supprimés, et notre intention est d'y joindre, comme à celui-ci, quelques nouvelles réflexions pour justifier soit les faits, soit les principes dont les censeurs se seroient crus obligés de prendre ombrage. La vérité ne peut que gagner à ces discussions, et peut-être apprendront-elles à ceux qui l'ignorent que le sentiment du devoir est aussi une force, et qu'on n'étouffe pas aisément la voix de l'honnête homme qui ne craint rien et ne désire rien.

Sur la nécessité, pour le gouvernement, de s'occuper de la religion.

Dans un moment où les destinées de la France se décident peut-être, et où l'on paroît chercher quelques appuis pour soutenir l'édifice social ébranlé; dans un moment où un nouveau ministère, montrant avec ménagement des espérances timides encore, des désirs modestes, semble essayer d'agir et s'encourager lui-même à vouloir, il nous sera sans doute permis d'appeler son attention sur ce qui fait seul la véritable force des états et des gouvernemens, la religion.

Qu'on observe la conduite des révolutionnaires :

n'est-ce pas contre le christianisme, contre le culte catholique et ses ministres, que se dirigent leurs plus grands efforts? D'où vient leur haine pour les missions, si ce n'est de la crainte qu'elles leur inspirent? Ils savent que prêcher les devoirs, le pardon des torts, le repentir, c'est porter la désertion dans leurs rangs, et leur ôter l'espoir de vaincre, en désarmant le crime. Aussi voyez que de soins ils prennent pour exciter les passions du peuple, et avec quelle fureur ils attaquent quiconque a l'audace de troubler le sommeil innocent du remords. Réchauffant sous leurs ailes toutes les erreurs et tous les désordres, ils se flattent d'en faire éclore une nouvelle révolution.

On doit le dire, les souverains ont trop espéré jusqu'à présent séparer leur cause de celle de Dieu. En renonçant à cette grande alliance, ils ont cru qu'ils résisteroient plus aisément à leurs ennemis. Au lieu d'élever en haut leurs regards, *ils ont résolu de baisser leurs yeux sur la terre* (1), sur cette terre chancelante qui ne peut plus porter un trône. Dès lors il leur a fallu discuter leurs droits devenus incertains. On leur a demandé de qui ils tenoient le pouvoir, et à quels titres? Qu'a-t-on répondu? L'Europe le sait. Jouets de l'homme, aussitôt qu'ils ont cessé de relever du ciel, contraints de négocier, de transiger avec le peuple, ils ont mis leur auto-

---

(1) *Oculi eorum statuerunt declinare in terram.*

Ps.

rité et leur vie même en arbitrage, heureux d'être tolérés comme ils toléroient Dieu.

Qu'ils l'apprennent enfin; point de christianisme, point de rois. Leur sceptre, c'est la croix : qu'elle règne sur les peuples, et ils régneront eux-mêmes. Il y a dans ce signe sacré une vertu qui les sauvera. Mais s'ils le livrent à la dérision, s'ils souffrent que des factieux ébranlent, en l'insultant, les croyances sur lesquelles repose la société, il sortira, de cette croix arrosée du sang qui demande grâce, des malédictions terribles et de prophétiques menaces.

On ne sauroit le dissimuler; depuis quatre ans la religion de l'Etat est opprimée en France. Qu'a fait pour elle l'ancien ministère, ou plutôt que n'a-t-il pas fait contre elle? Salariant les factieux des débris de l'Eglise, chaque jour il démolissoit ce que Buonaparte même avoit conservé. N'avons-nous pas vu l'épiscopat près de s'éteindre. La piété du roi a provisoirement arrêté les progrès de la destruction ; mais le nombre des siéges, qu'il étoit indispensable d'augmenter, est demeuré le même, malgré le traité le plus solennel; mais les écoles ecclésiastiques, destinées à repeupler le sanctuaire, n'ont pas cessé d'être en butte aux persécutions de l'université; mais en même temps que l'on consacroit l'athéisme politique par les lois et par des arrêts des tribunaux, une administration jalouse envahissoit de toutes parts la juridiction spirituelle, commandoit l'enseignement, régloit la discipline, et se faisoit un jeu cruel de tourmenter la conscience des prêtres. Chose sans exemple, l'autorité établie pour maintenir l'ordre public, sembloit regarder comme un devoir de protéger contre la religion l'impiété des mourans, le duel et le suicide. Au nom de l'humanité, elle demandoit à des ministres de paix de tolérer l'effusion du sang, et au nom d'une loi athée elle leur ordonnoit de bénir le crime.

On doit espérer que de pareils scandales ne se renouvelleront pas. Mais suffit-il de mettre un terme à l'oppression de l'Eglise? la France n'attend-elle rien de plus de son gouvernement? Ne pas opprimer, ce n'est que de l'indifférence; et, quand il s'agit de religion, il n'y a pas loin de celui qui dit : *Que m'importe?* à celui qui dit : *Dieu n'est qu'un mot.*

———

Voilà ce qu'on défend de dire sous un ministère qui, à la vérité, n'a pas, que je sache, la prétention d'être religieux, mais qui ne désavoue pas encore celle d'être royaliste. Les censeurs forment, à l'entendre, une espèce de jury, dont il doit respecter l'indépendance. Mais, d'abord, qui nomme les censeurs? et, en second lieu, est-ce à huit ou dix hommes amovibles et non responsables, ou au ministère, que les pouvoirs de l'Etat ont confié la censure? Pourquoi les ministres la demandoient-ils, s'ils ne vouloient pas l'exercer? Qui les autorise à faire présent d'un pareil privilége à qui que ce soit? Pensent-ils sérieusement pouvoir se cacher derrière les agens qu'ils emploient? Espèrent-ils qu'on se méprendra sur la main qui donne l'impulsion? Et voudroient-ils, d'ailleurs, en condamnant à l'indépendance des hommes qui n'ont pas dû s'y croire exposés en cette occasion, paroître dédaigner leurs services, et affliger leur docilité? Cela est impossible. Les censeurs sont leurs délégués, ne peuvent être que leurs délégués. Tout ce qu'ils font, le ministère le fait; et c'est par la censure qu'en ce moment on peut le mieux juger de ses principes et de l'esprit qui l'anime. Or, jusqu'ici, l'on ne voit de sa part que de tristes efforts pour garder un certain milieu entre le bien et le mal, entre la vérité et l'erreur, et une continuelle hésitation qui laisse subsister toutes les espérances et toutes les craintes.

Et pour ne parler que de l'objet qui nous intéresse spécialement, que penser des dispositions du ministère à l'égard de la religion, lorsque la censure ne souffre pas qu'on en expose l'état réel? Reprenons le seul paragraphe qui l'ait blessée dans notre article, et voyons s'il renferme rien d'exagéré.

Depuis quatre ans la religion de l'Etat est opprimée en France. Pour nier ceci, il faudroit soutenir, entre autres choses, que mettre une religion dans l'impuissance presque absolue de perpétuer son sacerdoce, ce n'est pas opprimer cette religion; ou en d'autres termes, que la détruire ce n'est pas l'opprimer. Nous ne serions pas étonnés qu'en effet on le soutînt, même sans choquer la censure; mais on ne s'étonneroit pas non plus, apparemment, que nous eussions quelque peine à nous laisser convaincre.

Qu'a fait pour elle l'ancien ministère, ou plutôt

que n'a-t-il pas fait contre elle ? Salariant les fac-
tieux des débris de l'Eglise, chaque jour il démo-
lissoit ce que Buonaparte même avoit conserve.
Quatre millions de bois, foible débris de l'antique
domaine du clergé, existoient encore sous Buonaparte : qu'en a fait l'ancien ministère ? et à quels
hommes a-t-il cru en devoir le sacrifice? Sous Buonaparte on respectoit extérieurement la religion;il
ne souffroit pas qu'on l'insultât chaque jour dans les
feuilles publiques et dans une multitude de pam-
phlets; qu'on provoquât sur elle et sur ses ministres
le mépris et la haine du peuple par des gravures in-
fâmes : que s'est-il passé depuis? Buonaparte pro-
tégea toujours les frères des écoles chrétiennes : n'a-
t-on pas tenté d'abolir cette institution vénérable ,
pour y substituer des écoles d'anarchie et d'irréli-
gion ? des écoles *avec lesquelles le triomphe de la*
démocratie étoit assuré , disoit un homme qui s'y
connoît , et qui, revêtu d'une charge importante,
favorisoit de tout son pouvoir, pour le plus grand
bien de la monarchie, la propagation de l'enseignement mutuel.

N'avons-nous pas vu l'épiscopat près de s'é-
teindre ? La piété du Roi a provisoirement arrêté
les progrès de la destruction; mais le nombre des
siéges, qu'il étoit indispensable d'augmenter, est
demeuré le même, malgré le traité le plus solennel.
Le Pape et le Roi ont reconnu que quatre-vingt-
douze évêques sont nécessaires en France : pourquoi n'en avons-nous que cinquante ? Pourquoi
le concordat n'est-il point exécuté ? On parle

d'embarras des finances; ce prétexte n'est pas supportable , puisque les fonds qu'exige l'érection des nouveaux siéges ont été votés dans un budget antérieur. Mais, en fût-il autrement, qui empêche au moins d'accorder des évêques aux villes qui ont offert, qui offrent encore de pourvoir aux frais de leur établissement ? Que demandent d'ailleurs les évêques nommés ? une seule chose , la permission d'aller évangéliser leurs troupeaux. Qu'on s'occupe moins de leurs intérêts , et un peu plus des besoins du peuple. Faudroit-il donc se passer de pasteurs , s'il plaisoit un jour au gouvernement de dire : Je ne puis les payer ? Au fond , ce n'est pas à cause de ces futiles motifs d'économie que l'on prolonge la viduité de quarante-deux églises; le véritable obstacle à l'exécution du concordat, c'est que l'opinion, à ce qu'on prétend, s'est prononcée contre. L'opinion de qui ? des catholiques ? Non, mille fois non, et on le sait bien. L'opinion des impies, des factieux ? Oui , sans doute. C'est donc à ces factieux qu'on sacrifie la religion de l'Etat ? Et l'on viendra nous dire qu'elle n'est point opprimée ! Il dépend du ministère qu'elle ne le soit pas plus long-temps; il dépend du ministère de remplir les vœux de vingt-quatre millions de François; il dépend du ministère de dégager la parole du Roi. Que fera-t-il ? Je l'ai déjà dit, il laisse subsister toutes les espérances et toutes les craintes.

Les écoles ecclésiastiques , destinées à repeupler le sanctuaire, n'ont pas cessé d'être en butte aux persécutions de l'université. Il est naturel que ce reproche ait contristé les inspecteurs de l'université, membres du *jury* de censure. J'en suis bien aise pour eux : il y a de l'espoir quand la conscience parle ; mais il ne faudroit pas s'efforcer d'imposer silence à ceux qui parlent comme elle. Si le fait que nous avançons est vrai, il est de notre devoir de réclamer en faveur de la religion qu'on opprime ; s'il est faux, il ne sera pas difficile de le réfuter. Que l'université s'explique donc, qu'elle réponde.

Est-il vrai que, sauf quelques rares exceptions, elle ne permet d'établir qu'un petit séminaire par département ? Est-il vrai que partout où il existe un lycée ou un collége communal, c'est-à-dire presque partout où les petits séminaires sont établis, elle leur défend de recevoir des élèves externes ? Nous attestons hautement ces deux faits : qu'elle les nie, ou si elle est obligée de les avouer, qu'elle cesse de se plaindre qu'on l'accuse de persécuter les écoles ecclésiastiques ; car je ne sache guère d'autre moyen de persécuter une école que de lui ôter ses écoliers.

Mais pour bien comprendre quels sont les effets d'une pareille persécution, il faut savoir premièrement qu'un calcul appuyé sur une expérience de quinze années, démontre l'insuffisance absolue d'une école ecclésiastique par département pour repeupler le sanctuaire ; deuxièmement, que la plupart des enfans qui se destinent au sacerdoce, appartenant à la classe indigente, étudioient comme externes dans les petits séminaires trop peu vastes pour les recevoir, et trop pauvres pour se charger de leur entretien. Nous avons vu un grand nombre de ces malheureux enfans, dans un département de l'ouest de la France, forcés d'abandonner leurs études, parce que l'école ecclésiastique, qu'ils ne pouvoient plus fréquenter comme externes, ne pouvoit elle-même commencer à les secourir avant qu'ils fussent parvenus en quatrième; et remarquez que dans le même temps le recteur de l'académie défendoit aux curés des campagnes, sous les peines les plus graves, de leur enseigner les premiers élémens de la langue latine.

Le supérieur du petit séminaire eut recours aux tribunaux. Deux jugemens consécutifs le maintinrent dans le droit d'admettre des externes. Appel en cassation de la part de l'université; mais craignant avec raison d'être condamnée en dernier ressort, elle s'adresse au ministre de l'intérieur. Ce ministre écrit à l'évêque, et le menace de suspendre le paiement des bourses de son grand séminaire, s'il ne force le supérieur de l'école ecclésiastique d'obtempérer aux ordres de l'université.

Il est bon de signaler une autre prétention de ce corps, aujourd'hui gouverné par un protestant. Il arrive quelquefois qu'un jeune homme, après avoir achevé ses études dans un petit séminaire, ne se croyant point appelé à l'état ecclésiastique, et voulant s'ouvrir une autre carrière, entreprend de suivre un cours de droit; rien de plus simple en apparence. Mais l'université ne l'entend pas ainsi : quiconque n'est point sorti d'un de ses établissemens ne peut prendre d'inscriptions dans une école de droit. Elle l'a réglé de la sorte : qui oseroit y trouver à redire ?

Il seroit bien temps de mettre un terme à ces odieuses vexations. Le moyen de s'y soustraire est facile, pour peu qu'on veuille enfin l'employer. On a prouvé que l'université n'a point d'existence légale ; que dès lors elle ne possède aucuns priviléges, si ce n'est celui de percevoir la subvention que le budget lui alloue chaque année; qu'elle ne peut étendre son autorité sur les autres écoles, ni empêcher d'en établir, ni forcer qui que ce soit à recevoir d'elle des diplômes pour enseigner.

Nos plus célèbres jurisconsultes ont encore démontré que l'action d'enseigner sans autorisation n'étant défendue par aucune *loi*, ni placée dans le Code pénal au nombre des délits ou des contraventions, les tribunaux ne peuvent prononcer contre ceux qui tiennent de pareilles écoles aucune amende, aucune peine quelconque, ni par conséquent ordonner que leurs écoles soient fermées, puisqu'elles ne sauroient l'être qu'en supposant qu'on eût commis, en les ouvrant, soit un délit, soit une contravention; et qu'il n'existe guère de peine plus grave que d'enlever à un homme son état, ou de lui ôter les moyens de l'exercer.

Ces principes sont si clairs, si incontestables, qu'à peine l'université elle-même a-t-elle essayé de les nier. Plusieurs jugemens des tribunaux les ont consacrés depuis deux ans, de sorte qu'on doit regarder aujourd'hui la jurisprudence comme fixée sur ces points importans. Avec de la fermeté on triomphera sans peine des iniques prétentions du corps enseignant. L'université ne repose sur aucune loi; elle n'est forte que des souvenirs de Buonaparte, et de la terreur qu'inspiroient ses décrets.

Au moment où nous terminions cet écrit, on nous apprend que le *Défenseur* vient d'éprouver de nouveau les rigueurs de la censure. Elle n'a pas voulu qu'on y dît que l'*Espagne semble emportée par un esprit de vertige*, attendu qu'elle n'est encore emportée que par l'esprit révolutionnaire; ni qu'on y insérât un article où l'on rendoit compte du *Mémoire justificatif* de M. l'évêque de Gand. Ainsi, en France, il ne sera pas permis de faire connoître la justification d'un évêque catholique condamné à mort dans un pays voisin, sous un gouvernement protestant : cela seroit de mauvais exemple, et il est évident que c'est l'évêque qui a tort, puisqu'enfin sa condamnation est *un fait*. Le comité de censure ne pourroit-il pas présenter une humble requête au ministère, pour demander l'extradition de M. le prince Maurice de Broglie, comme rebelle à la doctrine de *fait* ? Cela feroit plus tard un beau *précédent* en faveur de cette doctrine. On engage messieurs les censeurs à y penser.